Ralf Neubohn

Silvester und Weihnachtsmarkt geben sich die Ehre

Ralf Neubohn

Silvester und Weihnachtsmarkt

geben sich die Ehre

Bibliografische Information der Deutschen Nationalbibliothek
Die Deutsche Nationalbibliothek verzeichnet diese Publikation
in der Deutschen Nationalbibliografie;
detaillierte bibliografische Daten sind im Internet
über www.dnb.de abrufbar.

Herstellung und Verlag: BoD – Books on Demand, Nordersted

ISBN: 978-3-7519-3455-8

Dieses Buch ist meinen Lesern gewidmet.

Was wäre ich ohne Euch?

Inhalt

Vorwort

Liebe Leser,

in der Adventszeit besuchen viele Menschen die Weihnachtsmärkte.

Auch den Silvesterabend oder die Silvesternacht lieben viele und feiern fröhlich ins neue Jahr hinein.

Was so alles Kuriose auf Weihnachtsmärkten oder an Silvester passieren kann, schildert dieses humorvolle Buch anschaulich.

Wie kann es einer Autorin eines Diätkochbuches auf dem Weihnachtsmarkt ergehen? Was passiert, wenn der Weihnachtsmann Darsteller kurzfristig erkrankt? Feiern der Osterhase, Nikolaus und Weihnachtsmann auch Silvester? Was machen in dieser Zeit die Rentiere vom Weihnachtsmann? Was macht nachts auf dem Weihnachtsmarkt die geheimnisvollen Geräusche? Wie entstand die Legende vom singenden Weihnachtsbaum?

Und noch viele andere wichtige und spannende Fragen werden beantwortet.

Ich hoffe, Sie werden an meinen Geschichten viel Freude haben und bei Gelegenheit wieder einmal in eines meiner Bücher hineinschauen.

Viel Spaß beim Lesen,

Ihr Ralf Neubohn

Einführung

Ich habe schon viele Abenteuer mit Terry, Berta Babbelbergle und Ludwig P. Lesi-Les erlebt. Eines aufregender als das andere.

So, dass es mir stets schwerfällt, welche der vielen gemeinsamen Erlebnisse ich für meine Bücher auswählen soll.

Denn jedes meiner Bücher in denen ich von ihnen berichte, ist nur eine kleine Auswahl aus einem Autorenleben voller Abenteuer.

Hoffentlich haben Sie an den heutigen Berichten aus unserem Autorenleben so viel Freude wie wir selbst.

Viel Spaß beim Lesen wünschen wir Ihnen allen, bis bald?

Ihr Ralf Neubohn

Nein!

Ludwig P. Lesi-Les fühlte sich ein wenig auf den Schlips getreten. Als er in den Bus zum Weihnachtsmarkt stieg, sagte eine Frau zu ihrer Tochter: „Martha, steht auf, damit der ältere Herr sich auf Deinen Platz setzen kann."

Ludwig war Mitte zwanzig und hasste es, für älter gehalten zu werden.

Dennoch bekam er bei Partys immer einen Schaukelstuhl oder Lehnstuhl angeboten.

Und noch schlimmer: Junge Mädchen fragten ihn ernsthaft, ob er im 1. Weltkrieg mit an der Front kämpfte. Nun, wie dem auch sei, er versuchte stets jung und forsch aufzutreten. Dennoch rief ihm der Busfahrer beim Aussteigen nach: „Soll ich Ihnen beim Aussteigen helfen? Haben Sie Ihren Krückstock nicht vergessen?"

Ludwig schäumte und stieg frostig schweigend aus. Am Zebrastreifen erkundigte sich eine ältere Dame, ob sie ihm über die Straße helfen sollte.

Ludwig verneinte dies energisch und lief auf den Weihnachtsmarkt. „Ich bin nicht alt", schimpfte der 25-Jährige vor sich hin.

An einer Imbissstube bestellte Ludwig sich ein Schnitzel mit Pommes frites. Der Wirt erkundigte sich: „Einen Seniorenteller?" Ludwig fauchte: „Nein!", und aß, so schnell es ging auf.

Beim Schlendern über den Markt bestaunte er vor allem einen Stand mit schönen Christbaumschmuck und Weihnachtskrippen.

Die Verkäuferin meinte: „Wenn Sie Ihren Seniorenausweis vorlegen, bekommen Sie Rabatt."

Rot vor Ärger eilte Ludwig zu einem anderen Stand und kaufte sich eine Packung gebrannte Mandeln. Der Standbesitzer warnte: „Vorsicht, bei Gebissen könnte es vielleicht Probleme geben!"

Ludwig ging nicht darauf ein. Nach dem Genuss der sehr heißen Mandeln bestellte er noch Zuckerwatte, die aber beim Essen an seinem Kinn hängen blieb. Dies sahen kleine Kinder und riefen erfreut: „Da ist der Weihnachtsmann!", und umringten ihn begeistert. Sein „Nein! Ich bin nicht der Weihnachtsmann!", nahmen sie nicht zur Kenntnis.

Ach, der arme Alte! Äh, der arme, junge Kerl!

Ratschläge

Ludwig P. Lesi-Les schrieb ein Anti-Alkoholbuch, das sich sehr gut verkaufte. Überhaupt trat er darin für ein asketisches Leben voller Verzicht auf alle Genüsse ein.

Den Erfolg des Buches beschloss er auf dem Weihnachtsmarkt zu feiern. Am Glühweinstand trank er ein Glas Glühwein nach dem anderen und las allen zufällig vorbeikommenden die stärksten Anti-Alkoholstellen seines Buches mit leichten Hicksen und schwerer Zunge vor.

Am selben Abend befand sich auch Berta Babbelbergle auf dem Weihnachtsmarkt, um den Erfolg ihres neuen Diätbuches würdig zu feiern. Das Credo ihrer Diättipps hieß: Iss wenig und dieses wenige auch noch kalorienarm.

Stilgerecht feierte sie es zuerst mit heißen Maronis, ging dann aber zu Zuckerwatte, gebrannten Mandeln, Lebkuchen, Magenbrot, kandierten Früchten und roter Wurst mit Pommes frites usw. über.

Allmählich bekam Berta starkes Bauchweh und ziemliche Zweifel, ob sie ihren eigenen Rat mit wenigen und kalorienarm Essen richtig befolgte. Vielleicht ein kleines Bisschen nicht ganz korrekt?

Während Berta unter heftigem Rülpsen umher schwankte, sah sie zwei Füße unterm Glühweinstand hervorschauen. Zuerst wollte Berta heimwanken, aber der äußerst käsige Geruch der Füße erinnerte sie an etwas. Was war es bloß? Irgendetwas sehr unangenehmes, lästiges. Ach, ja. An Ludwig P. Lesi-Les. Berta schaute unterm Glühweinstand nach und richtig: Da lag Ludwig völlig betrunken. Berta schoss es durch den Kopf: „Ja, da sieht man es mal wieder! Da schreibt der Kerl ein Anti-Alkoholbuch voller guter Ratschläge und dann befolgt er diese nicht mal selber! Wer Ratschläge schreibt, muss diese stets auch selber befolgen! So, wie ich! Eiserne Disziplin ist alles!"

Worauf sich ein riesiger Verdauungsrülpser Bertas anschloss und ihren Rückzug nach Hause beschleunigte.

Lesung auf dem Weihnachtsmarkt

Der bekannte Autor Ralphus Rheumaticuslinchen schrieb unter dem Pseudonym Ralf Neubohn viele beliebte Bücher. So z.B. „Neubohns Krimihäppchen", „Galaabend für die Gartenschau". Mit der Zeit verlegte er sich mehr auf jährlich wiederkehrende Jahresfeste. Fasching, Ostern, Halloween, Nikolaus, Weihnachten und Silvester.

Diese Buchreihe kam so gut an, dass Ralphus von einem örtlichen Weihnachtsmarktveranstalter für eine Lesung gebucht wurde.

Die Buchung erfolgte im Sommer, wodurch er mitten im Sommer ein Weihnachtsbuch schreiben musste. Und auch noch sehr schnell, weil es ja nach dem Schreiben auch noch rechtzeitig zu einem Verlag und dort gedruckt werden musste.

Doch Ralphus war hart im nehmen und begann unter Zeitdruck zu schreiben. Dies ging nicht so gut wie gedacht, weil vor seinem Haus die Straße wegen Rohrarbeiten aufgerissen wurde.

Wegen des Lärms saß er nun trotz Sommerhitze bei geschlossenen Fenstern da und schrieb. Die verbrauchte Luft lag wie eine lähmende Decke um ihn. Aber wegen der Bauarbeiten musste das Fenster zu bleiben. Der Lärm! Der Staub!

Dadurch kam sein Buch nur sehr schlecht voran. Als endlich die Bauarbeiten zu Ende waren, atmete unser Autor erleichtert auf. Doch leider zu früh, neben an riss nun eine Abbruchfirma ein Haus ab, wo kurz darauf ein neues zu entstehen begann. Der Dauerlärm startete also wieder von vorn!

Wutentbrannt eilte Ralphus in einen Supermarkt, um sich dort Ohrstöpsel zu besorgen. Unterwegs probierte er sie schon aus. Die Ohrstöpsel funktionierten enorm gut. Auf dem Heimweg hörte er nichts mehr. Auch ein Auto nicht, dass auf ihn zukam. Als der Held unserer Erzählung nach 2 Wochen wieder aus dem Krankenhaus heimkam, konnte sein rechter Arm noch wochenlang nicht bewegt werden. Und das, obwohl die Zeit immer mehr drängte!

Kurz vor der Vollendung des Buches gab es einen Wasserrohrbruch, in welchen sein Buchmanuskript völlig unleserlich wurde.

Es musste neu geschrieben werden!

Dabei lag schon der Weihnachtsmarkt kurz vor ihm!

Irgendwie schaffte es der leidgeprüfte Autor doch.

Nach einer sehr turbulenten Zeit erfolgte die Premiere seines Weihnachtsbuches: „Die Bettsocken vom Weihnachtsmann" passenderweise auf dem Weihnachtsmarkt. Ein Triumph des Willens und der harten Arbeit! Vor einem großen, gebannten Publikum las Ralphus so gut wie noch nie. Das Publikum rastete wie bei einem Pop Konzert vor Begeisterung völlig aus und lobte den Helden des Abends noch lange. Der Lohn seiner Mühe! So ein vor Begeisterung rasendes Publikum sah man selten.

Als einzige der großen Zuschauermenge wollte Petruliale Petersilia Preisdrückerlinchen das Buch kaufen und fragte nach dem Preis: „Es kostet nur 3,99 Euro!" sagte Ralphus siegesgewiss. Wer konnte bei so einem niedrigen Preis schon „Nein!" sagen? Doch ihre entsetzte Antwort lautete: „Was? 3,99 Euro? So viel Geld für ein Buch? Das ist doch kein Buch wert!" Empört eilte sie zu einem Drogeriemarkt und kaufte dort ein exklusives Parfüm für 79,99 Euro.

Tja, so sieht manchmal der Lohn harter Autorenarbeit aus.

Bertas Lesung

Auch Berta Babbelbergle stand in der Veranstaltungsreihe des diesjährigen Weihnachtsmarktes. Sie tat alles, um zur besten Jahreszeit für Bücher eine triumphale Lesung zu veranstalten.

Daheim suchte sie aus ihren Massen von langweiligen Büchern ihr bestes aus – was bei ihr auch nicht viel bedeutete – und übte monatelang lesen. Stellte außerdem ein sehr gutes Lesungsprogramm zusammen. Mit passender Moderation, gelungenen Überleitungen von einer Textstelle zur anderen.

Berta würde dieses Jahr garantiert alle anderen Autoren in den Schatten stellen!

Am Lesungsabend eilte sie mit einem Koffer voller zum Verkauf gedachter Bücher auf den Weihnachtsmarkt. Las geradezu grandios aus ihrem besten Buch und … wurde ausgebuht! Wieso denn das? Das konnte doch nicht sein?

Leider doch! Denn Bertas bestes Buch war ein Osterbuch! Und das auf dem Weihnachtsmarkt zu präsentieren…

Weihnachtslesung mit Ludwig

Ludwig P. Lesi-Les stand im Publikum und sah Bertas Lesung fassungslos zu.

„Sie ist einfach zu dumm", dachte er. „Eigentlich müsste die Berta Blödelbergle heißen."

Zuhause analysierte er Bertas Misserfolg und kam zu dem Schluss, dass sie das falsche Buch am falschen Ort las. „Ein Osterbuch auf dem Weihnachtsmarkt, typisch Berta!", lauteten seine wenig netten Gedanken. Zum Glück besaß er mehr Gehirn als sie.

In einem Veranstaltungskalender seiner Stadt schauend stellte Ludwig fest, wann der nächste Markt stattfand. Da sich in seiner Buchreihe kein Weihnachtsbuch befand, beschloss er, Neubohns: „Weihnachten und Silvester mit Flammenfeder" zu lesen. Außerdem ein paar gute stellen aus Neubons: „Die Alpakas vom Nikolaus".

Mit diesem perfekten Programm eilte er zum nächsten Markt.

Leider unterlief ihm dabei ein kleiner Fehler. Der nächste Markt war ein Pferdemarkt und außerdem im Frühjahr und nicht im Winter. Nun ja, man kann nicht an alles denken! Aber die verehrten Leser dieses Buches können sich sicherlich vorstellen, wie verblüfft die Bauern und ihre Pferde Ludwig anschauten, als dieser im Frühjahr auf dem Pferdemarkt Weihnachtsgeschichten las.

Der Weihnachtsmarkt

Osterhase, Weihnachtsmann und Nikolaus besuchten gemeinsam den Weihnachtsmarkt, um Glühwein zu trinken und Weihnachtsgebäck zu essen. Auf Letzteres bestand vor allem der Osterhase, der für sein Leben gern Kekse mümmelte.

Die Rentiere des Weihnachtsmannes und die Alpakas des Nikolaus machten zusammen ihre eigene Imbiss-Tour und nagten an den Tannenästen, die als Dekoration an den Buden hingen.

Wenn deren Besitzer schimpften oder Schilder mit: „Nagen verboten!", hoch hielten, taten die Tiere so, als würden sie die Menschen nicht verstehen. Mit dieser Masche kommen übrigens immer alle Tiere sehr gut durchs Leben, obwohl ihnen ganz klar ist, was die Menschen von ihnen wollen.

Es ist eine Art passiver Widerstand, bei dem nur „verstanden" wird, was ihnen passt.

Die zauberhaften Altbohns bestaunten zusammen mit ihren Enkeln Jonathan, Ruben und Raphael den besonders dichten Weihnachtsbaum mitten auf dem Weihnachtsmarkt.

In der Nähe stand Terry und zählte die unglaublich vielen Lichter auf dem Baum.

Plötzlich rannten die Teddys von Ludwig P. Lesi-Les schnell an ihnen vorbei. Alle mit zahlreichen Naschereien bewaffnet. Wo hatten sie diese wohl her? Die Antwort folgte den Teddys auf den Fuß. Berta Babelbergle lief ihnen schimpfend nach, konnte aber nicht in das dichte Geäst des Baumes eindringen.

Von der anderen Seite eilte der bekannte weltaumreisende Hund Sam in den Schutz des Baumes, verfolgt von Ludwig P. Lesi-Les der seine Currywurst wieder haben wollte.

Diese rochen die Katze Lulu und der Dackel Tapperle und eilten ebenfalls unter den schützenden Weihnachtsbaum, um etwas abzubekommen. Die Altbohns konnten ihre zwei gefräßigen Tiere nicht mehr rechtzeitig stoppen, schauten diesen fassungslos nach. Unterm Baum erklang ein: „Hi, hi!", sowie genüssliches schmatzen. Um die wütenden Leute vor dem Baum zu beruhigen, begannen die Tiere nach einer weile Weihnachtslieder zu brummen, miauen und bellen.

Andere Weihnachtsmarktbesucher hörten diesen Gesang, kamen hinzu. Der „singende Weihnachtsbaum" faszinierte immer mehr Menschen, bis selbst die Budenbesitzer dieses Wunder sehen wollten.

Der „singende Weihnachtsbaum" wurde zur Weihnachtslegende, da ja von den Besuchern fast niemand was von den versteckten Tieren wusste.

Da kann man nur sagen: Frohe Weihnachten!

Die peinliche Panne

Der Veranstalter des Weihnachtsmarktes schlenderte zufrieden zwischen den Verkaufsständen umher.

An einer Imbissstube stand Petrulilale Petersilia Preisdrückerlinchen und versuchte vergeblich den Preis zu drücken. „Ha!", dachte der Marktveranstalter. „Bei dem alten Schwaben wirst Du keinen Erfolg haben."

Eine Weile hörte er noch grinsend der unendlichen Diskussion zu, bis ihm immer häufiger verdrießliche Gesichter der Marktbesucher auffielen. Was konnte bloß geschehen sein? Bei so einem schönen Markt musste doch allen das Herz lachen? Unbegreiflich! Erst leise, dann stetig lauter bruddelten die Leute: „Wo ist der Weihnachtsmann? Warum ist er nicht hier?"

Tatsächlich! Der Weihnachtsmann fehlte, der sonst über den Markt seine Runde schlurfte. Das hatte es noch nie gegeben! Seit Gründung des Marktes vor 70 Jahren hinke der Autor Ralphus Rheumaticuslinchen über diesen und sorgte so für die passende Stimmung. Wegen seiner Ähnlichkeit mit dem Weihnachtsmann musste er sich nicht mal verkleiden. Besorgt rief der Veranstalter Ralphus Rheumaticuslinchen an. Dieser entschuldigte sich, dass er wegen seines Rheumas nicht erscheinen konnte.

Der Veranstalter grübelte: „Nun, ja, das ist eben Pech. Wie hätte ich auch nur ahnen können, dass der 90ig jährige Ralphus Rheumaticuslinchen an Rheuma leidet? Doch was jetzt tun?"

Gedankenvoll schlenderte er stundenlang unentschlossen über den Markt und sah plötzlich Ralphus, wie dieser an Besucher

Knabbersachen verteilte. Erleichtert atmete er auf, alles lief doch noch glatt! Die Gesichter aller Besucher hellten sich auf, es wurde einer der besten Abende des Jahres.

Kurz vor Marktschluss wollte sich der Veranstalter bei Ralphus für sein kommen bedanken, als er vor Schreck schier sein Gebiss verlor: Ralphus stieg in seinen Rentierschlitten und flog in den Himmel! Aber Ralphus besaß doch keinen Rentierschlitten? Der nicht, aber der echte Weihnachtsmann, der zur Rettung dieses Tages extra kam!

Das Modell

Delia wollte zum Top-Modell aufsteigen. Arbeitete sich Jahr für Jahr langsam nach oben. Stellte bei immer größeren Modehäusern bei Modeschauen die neuesten Trends vor.

Doch der Weg nach oben gestaltete sich schwer. Viele Konkurrentinnen bewarben sich gleichzeitig bei den Modehäusern, taten fast alles für den Erfolg.

Manches Jahr trat Delia auf der Stelle, schaffte den Sprung eine Treppenstufe höher nicht. An und für sich wäre das nicht so schlimm gewesen, aber die Zeit arbeitete gegen sie. Trotz aller Schönheitsmittel zeigten sich langsam aber sicher Spuren des Alterns. Noch kleine, die sich verbergen ließen. Doch eines wurde ihr deutlich bewusst: die Zeit lief ihr allmählich davon.

Am meisten ärgerte sie eine Kollegin Namens Josie. Nicht nur, dass Josie jünger war. Das wäre schlimm genug gewesen. Doch deren sympathische Ausstrahlung und Natürlichkeit stahlen allen anderen Modellen die Schau und somit die Chancen voran zu kommen.

Am meisten hasste sie das nette Lächeln ihrer Konkurrentin. Delia arbeitete so schwer, dass ihr das Lächeln nur noch selten gelang.

Zur Vorstellung einer neuen Modekollektion auf dem Weihnachtsmarkt bewarben sich viele Modelle. Alle wollten natürlich dabei sein, wenn eines der größten Modehäuser die neuesten Trends vorstellte. Natürlich bewarb sich auch Josie. Delia kochte innerlich: „Wenn die mir bloß nicht wieder den Job wegnimmt!", dachte sie verbittert. „Vermutlich benutzt sie unlautere Tricks, um den Job zu bekommen. Denn sonst hätte ich schon früher mehr Aufträge als Josie bekommen. Ich bewege mich viel besser als diese Hexe!"

Dieses Mal musste es anders laufen. Aber wie das erreichen? Delia unternahm alles, um Josie zu schaden. Arbeitete mit allen miesen Tricks, die es gab. Dieses Mal musste sie gewinnen!

Und tatsächlich, Delia wurde zum Hauptmodell für die große Modenschau erkoren.

Ein großartiger Sieg ihrer fiesen Machenschaften. Welch ein großer Schritt für ihre Karriere. Eine Modeschau auf dem Weihnachtsmarkt, welch grandiose Idee des Modehauses. Darüber würden alle Medien berichten. Und sie stand dabei im Mittelpunkt.

Dachte sie. Aber das Modehaus ging kurz vor der Modeschau pleite und somit war alles für Delia umsonst gewesen!

Gruselig

Jedes Jahr geschah dasselbe. Um Mitternacht ertönten auf dem geschlossenen Weihnachtsmarkt gruslige Geräusche. Höchst merkwürdiges Knacken und Klacken erklang.

Gingen Geister der verstorbenen Budenbesitzer um?

Niemand wagte nachzuschauen, wer wusste schon, was einem passieren konnte! Dieselben geheimnisvollen Geräusche erklangen auch jedes Jahr an Silvester aus dem Stadtpark. Gingen da Waldgeister um?

Über dies sprachen die ängstlichen Menschen nur leise, hinter vorgehaltener Hand.

Berta Babbelbergle wollte es aber nun doch wissen. Nicht aus Mut. Oh, nein! Es sollte der Stoff für ihren neuesten Enthüllungsroman geben. Welch unglaublicher Verkaufserfolg lag vor ihr! Das Geheimnis des Weihnachtsmarktes, alle wollten es wissen!

Von Versteck zu Versteck schlich sie sich zitternd vorsichtig näher. Welch unglaubliche Schrecken lauerten dort auf sie? Ging es ihr vielleicht an den Kragen? Wer konnte schon all das Grauen ahnen, was dort vielleicht auf ein Opfer lauerte?

„Knack", „Klack", ertönten die Geräusche wieder. Endlich in Sichtweite riskierte unsere liebste Autorin einen vorsichtigen Blick und sah: den Osterhasen, Nikolaus und Weihnachtsmann! Nicht zu fassen! Was machten die dort bloß? Woher kamen die furchtbaren Geräusche?

Da erklang ein lautes „Knack!", als der Osterhase aufgeregt in seine Möhre biss. Es folgte ein noch lauteres „Klack!", als der Nikolaus eine Riesenwalnuss nach den neun Mohrrübenkegeln kugelte.

„Aha", überlegte sich Berta. „Das glaubt mir keiner. Ich schreibe lieber etwas Glaubwürdigeres. Am besten von Geistern, die nachts auf dem Weihnachtsmarkt Walnüsse und gebratene Mandeln essen."

Das Buch wurde ihr größter Erfolg und ließ den armen Ludwig vor Neid noch älter aussehen als sonst.

Der Weihnachtsmann

Opa Ralphus erzählte auf der Silvesterfeier seiner Familie: „Also, Weihnachten wollte ich endlich mal den Weihnachtsmann sehen. Darum setzte ich mich auf ein Sofa gegenüber vom Kamin. Eine Kanne Kaffee hielt mich wach. Es gab keine Chance für den Weihnachtsmann ungesehen hereinzukommen. Plötzlich ertönte von draußen lauten Klacken, welches mich an Steptanz oder Flamenco erinnerte. Was konnte das bloß sein? Ich eilte ans Fenster. Tatsächlich! Draußen tanzten die Rentiere des Weihnachtsmannes. Ihre Hufe klackerten im Rhythmus der Weihnachtslieder, die sie sangen. Unglaublich aber wahr! Als die Rentiere kicherten und weg eilten, wusste ich sofort, dass es ein Ablenkungsmanöver war. Und tatsächlich, vor dem Kamin lagen meine Geschenke. Aus dem Kamin erklang ein lautes: „Ho, ho, ho!" Wieder hatte mich der Weihnachtsmann überlistet."

Ralphus Familie überlegte sich bekümmert, dass dieser doch allmählich senil wurde. Wer sollte so eine Geschichte schon glauben! Völlig verrückt!

Vorm Fenster standen unbemerkt der Weihnachtsmann und seine Rentiere und kicherten in Erinnerung an ihren Weihnachtsbesuch bei Ralphus.

Das Feuerwerk

Nach einer Silvesterfeier schauten Ralphus Rheumaticuslinchen und Terry dem schönen Silvesterfeuerwerk zu.

Überall die wunderbarsten Farben, die neuesten Feuerwerkskünste. Bezaubernd!

Einfach nur zum Staunen und „Ah!", und „Oh!", rufen.

Sie erblickten auch den Osterhasen, der an Raketen befestigte Mohrrüben in den Himmel schoss. Der folgende Karottenfetzenregen war aber weniger schön.

Nach dem Feuerwerk sprachen beide über ihre neuesten Bücher und ihre gemeinsamen alten Erlebnisse.

Dabei sprühten die Funken und Gedankenblitze noch mehr, als vorher das Feuerwerk.

Sie kannten sich schon lange. Ihre ersten gemeinsamen Erlebnisse von „Terry - ein Schotte in Schwaben" und „Die zauberhaften Altbohns und ihre Freunde" lagen weit hinter ihnen zurück.

Damals nannte sich Ralphus noch Ralf Altbohn. Später legte er sich noch viele andere Pseudonyme zu, mit denen er durch die Literaturgeschichte geisterte.

Während ihres sprühenden Gespräches liefen sie an den Alpakas vom Nikolaus und den Rentieren vom Weihnachtsmann vorbei, die zusammen bayrischen Schuhplattler tanzten.

Ein paar Meter entfernt davon kegelten Nikolaus und Weihnachtsmann auf einer ebenen Wiese.

Sie sahen auch die Teddys von Ludwig P. Lesi-Les, die gerade
unter Anleitung einer Katze Lachse angelten. Aus einer verständlichen
Gedankenverbindung fragten beide gleichzeitig: „Was wohl
gerade die beiden alten Langweiler Berta und Ludwig machen?"

Die literarische Silvesterfeier

Ludwig P. Lesi-Les steuerte gerade auf der großen Party auf einen Tisch zu, an dem zwei Senioren saßen. Diese sahen so aus, als seien sie zusammen mindestens 180 Jahre alt. Bei ihrem Anblick dachten alle vorbeilaufenden Autoren automatisch an Wracks von vor Urzeiten gestrandeten Schiffen. An den beiden Alten fehlten nur noch Seetang und Moos.

Ludwig grüßte freundlich und setzte sich zu den beiden. Schnell entspann sich eine belebte Unterhaltung, nur von gelegentlichen Röcheln und Keuchen der Alten unterbrochen.

Nur eines störte Ludwig. Die beiden schienen ihn für mindestens gleich alt zu halten oder gar für noch älter. Das sah er an Sprüchen wie etwa: „In unserem hohen Alter müssen wir drei besonders gut auf unsere Gesundheit achten."

„Was? Sie haben noch Eltern? Mein Gott, müssen die extrem alt sein!" Das wurmte ihn sehr. Dennoch lohnte sich die Unterhaltung für Ludwig, weil er viel über das Autorentum lernte. So sagte z.B. einer der Alten: „Ein Autor kann so gut schreiben, wie er will, dennoch kommt der Erfolg nicht automatisch. Dazu bedarf es viel Glück, Gottes Hilfe und der helfenden Hand von zufriedenen Lesern. Wenn diese das Buch weiterempfehlen oder gar zusätzliche Exemplare kaufen und an Geburtstagen, Weihnachten, Ostern usw. weiterverschenken, dann steigt die Chance auf Erfolg stark. Denn so erreichen wir Autoren neue Leser, an die wir sonst nie gekommen wären. Übrigens ist es für die Beschenkten auch ganz praktisch, da diese so an originelle Autoren kommen, von denen bisher noch nichts vor ihre Augen kam."

Während des Gespräches liefen immer wieder Autoren schmunzelnd an ihrem Tisch vorbei und machten im Gespräch miteinander so Bemerkungen wie: „Schau mal, das ist der reinste Rentnertisch. Vermutlich sprechen die gerade über ihre Jugend in der Kaiserzeit."

Ludwig, der es sonst hasste, für alt gehalten zu werden, bestellte demonstrativ Kuchen und Kaffee für den „Seniorentisch".

Denn dies war sein Vorsatz für das neue Jahr: endlich dazu zu stehen, für alt gehalten zu werden. Sich nicht mehr über Bemerkungen über sein Alter zu ärgern.

Ob er diesen Neujahrsvorsatz durchhalten würde?

Neujahrsvorsatz

Der Anblick von Kaffee und Kuchen lockte auch Berta an.

Sie setzte sich zu Ludwig und den älteren Herren und bestellte sich besonders cremigen, süßen und gallenfeindlich aussehenden Kuchen.

Einst fasste Berta an Silvester tatsächlich den Vorsatz ins Auge, nicht mehr so herablassend zu Ludwig zu sein.

Als dieser jedoch begann mal wieder von seinen unsäglich langweiligen Büchern zu erzählen, kam ihr alter Entschluss doch wieder ins Wanken.

Während die bekannte Autorin eines Diätbuches weiterhin einen Kuchen nach dem anderen in sich schaufelte, rang sie schwer mit sich. Wollte sie wirklich in Zukunft netter zu diesem alten Langweiler sein? Wäre dies überhaupt möglich? Ging Ludwig zu mögen nicht über alle menschliche Kraft? Da erzählte dieser plötzlich von seinen Verkaufserfolgen der letzten Zeit. Allein fünf Auflagen für sein neuestes Buch! Vor Neid wurde Berta so gelb wie ihr Zitronenkuchen und fasste folgenden Neujahrsvorsatz: Nein, zu Ludwig wollte sie künftig auf keinen Fall netter sein. Ihren alten Neujahrsvorsatz nahm sie lieber zurück. Der neue Vorsatz fürs folgende Jahr hieß: lieber künftig weniger Kuchen zu essen. Nachdem dieser Entschluss gefasst war, bestellte Berta gleich mehrere neue Kuchenstücke für sich. Lieber noch fetter werden, als Ludwig mögen!

Naja

Nach dem langen Sitzen lief Ludwig etwas auf der Silvesterparty herum. Dabei fielen ihm einige junge Autorinnen ins Auge.

Um diesen zu gefallen, eilte er sofort zu einem Spiegel, verwuschelte seine Haare, zog seine Krawatte aus, öffnete sein Hemd weit und machte auch sonst auf jugendlicher Typ.

Natürlich kamen ihm auch die üblichen junge Leute Sprüche locker von den Lippen: „Grässlich! Hier sind so viele alte Mumien! Warum feiern die nicht mit ihren Altersgenossen auf dem Friedhof Silvester?"

Wir brauchen eigentlich nicht weiter ins Detail gehen. Ludwigs Neujahrsvorsatz verfiel vor den Mädchen zu Staub. In diesen Staub ließen ihn die Mädchen gleich mitversinken, indem sie so Sachen sagten wie: „Na, Alter? Hast Du auch Dein Gebiss dabei?", oder „Du bist ganz schön flink ohne Deine Krücken!"

Zum Schluss rief Ludwig empört: „Ich bin nicht alt!", und lief zum Ausgang des Saales. Ein Angestellter fragte: „Soll ich Ihnen ein Taxi rufen oder sind sie mit dem Rollstuhl da?"

Einen an der Tür stehen Rollator wollte Ludwig aber auch nicht nehmen.

Auf der Straße rief ein Kind: „Oh! Ein alter Zombi! Ich dachte, die gehen bei Halloween um! Aber doch nicht an Silvester!"

Ach, der arme Opi! Ich wollte natürlich sagen: Oh, der arme Ludwig!

Rückblick

Am Silvesterabend lief der Autor Ralf Neubohn voller Gedanken durch die Straßen. Ein neues Jahr lag vor ihm. Was mochte es wohl bringen? Sein langes Autorenleben brachte ihm schon so manche Überraschungen. Wie hatte eigentlich alles begonnen?

Als junger Autor hatte Ralf Neubohn es sehr schwer, seine Bücher veröffentlicht zu bekommen und irgendwo eine Lesung machen zu dürfen. Überall hieß es nur: „Wer sind Sie? Ich habe noch nie von Ihnen gehört! Kommen Sie wieder, wenn Sie bekannter geworden sind!"

Aber wie sollte man bekannter werden, wenn niemand einem eine Chance gab?

Einige Leute hatten auch Vorurteile gegen Künstler aus ihrer eigenen Region: „Der kann schon nichts sein, wenn er von hier ist!"

Ein seltsames Vorurteil, welches eigentlich indirekt die eigene Region dieser Leute entwertete.

Aber durch ungeheuer viel und echt harte Arbeit begann er trotz aller Widerstände bekannter zu werden, sich einen Namen zu machen. Und wegen seiner schlechten Erfahrungen beschloss Neubohn, dass er es künftig anderen Autoren leichter machen wollte. Sie sollten nicht den kalten, harten Weg wie er damals allein gehen müssen.

Deshalb gab er neuen Talenten eine Plattform. Veröffentlichte Anthologien mit den Texten von neuen Autoren, veranstaltete Lesungen mit diesen und vergab jahrelang den „Neuen Literaturpreis Remstal", um noch mehr auf diese vielen, sympathischen Talente aufmerksam zu machen. Dies geschah im großen Festsaal eines Kulturhauses, war umrahmt mit Musik und viele Preisträger durften der Öffentlichkeit ihre Siegertexte vorstellen.

Die Preise wurden häufig von Prominenten aus Politik und Kultur übergeben.

Viele Prominente schrieben auch Vorworte für die Anthologien mit diesen Autoren.

Durch all diese Maßnahmen wurden die neuen Autoren angesehener und einiges bekannter. Viele kamen auch durch die Preisverleihungen in die Presse.

Neubohn hatte es somit mit harter Arbeit geschafft, es neuen Autoren leichter zu machen, als er es damals selber hatte.

In dieses Projekt steckte er unglaublich viel Zeit, weil es ihm so wichtig war, zu zeigen: „Seht, wie viele gute Autoren bisher unerkannt unter Euch lebten!"

Nebenbei schrieb Neubohn weiterhin seine eigenen Bücher. Krimis, Geschichten aus dem Autorenleben, die witzigen Gartenschaubücher, seine Buchreihe über die Jahresfeste z.B. Nikolaus, Weihnachten, Silvester.

Dies alles ging ihm durch den Kopf. Wie würde das neue Jahr für „seine" Autoren werden? Wie für ihn selbst? Es war spannend, weil sich sowas nie voraussagen ließ. Und genau das machte Spaß! Stets lag etwas Neues vor ihm. Eine neue Idee, ein neues Buch, ein neues Projekt. Somit eine neue Herausforderung und eine neue Erfahrung. Und wer weiß? Vielleicht sogar ein neuer Erfolg?

Dies ließ sich nie vorhersagen. Allein die treuen Leser entschieden, welche Bücher und Projekte zu Erfolgen wurden und welche nicht.

Gerade diese Ungewissheit machte den reiz aus. Topp oder Flop, niemand wusste es vorher. Wie bei dem heutigen Buch, welches Sie gerade lesen.

Es wurde wie alle Bücher mit viel Liebe geschrieben. Doch kann es dennoch wie manche Bücher floppen, aber genauso ein Erfolg werden. Allein die Leser entscheiden es. Wie wird wohl die Entscheidung dieses Mal ausfallen?

Berta, Ludwig & Co

Für Leser die wissen wollen, was Berta und Ludwig sonst so alles erlebt und erlitten haben, sei auf „Weihnachten mit dem literarischen Kleeblatt", „Auf der Suche nach dem verlorenen Osterei", „Weihnachten und Silvester mit Flammenfeder", „Vorhang auf für Nikolaus, Weihnachten und Ferien", „Bühne frei für Fasching und Halloween", „Die Alpakas vom Nikolaus", „Die Bettsocken vom Weihnachtsmann"und „Gartenschau Magie" hingewiesen.

Ihr 1. Abenteuer erschien in: „Die Gartenschau Im Rampenlicht." Es war sehr aufregend!

Ralf Neubohns Abenteuer als Autor sind u.a. in: „Im Tal der Autoren", „Alle Autoren an Bord", „Die zauberhaften Altbohns", „Erinnerungen eines vergesslichen" usw.

Da viele Leser immer wieder nach einer Übersicht meiner lieferbaren Werke fragen, hier nun ein Teil der über den Buchhandel erhältlichen Titel. Alle kann ich hier nicht auflisten, weil es einfach zuviel ist, was es an Büchern von mir als Autor und Herausgeber gibt.

Gedichte

„Hier und Jetzt"

„Lyrik – muß das sein?"

„Frisch gewagt"

Gedichte und Kurzgeschichten

„Die zauberhaften Altbohns"

Bücher mit schwarzen Humor Gedichten

„Abra Makabra Schlimmsalabim"

„Die Gartenschau-Morde"

„Tod auf dem Kaktus"

„Neues vom 1. April"

Kurzkrimis

„Abschied ist nicht nur ein bisschen wie Sterben"

„Mörderisch gut"

„Kriminelle Energie"

„Neubohns Krimihäppchen"

Gartenschau Trilogie

„Flammenfeder live von der Gartenschau"

„Gartenschau Phantasie"

„Herzlich willkommen Gartenschau"

„Galaabend für die Gartenschau"

„Abschiedsvorstellung für die Gartenschau"

„Die Gartenschau-Morde"

„Tod auf dem Kaktus"

„Neues vom 1. April"

„Gartenschau Magie"

„Die Gartenschau im Rampenlicht"

Heiteres aus dem Autorenleben

„Im Tal der Autoren"

„Alle Autoren an Bord"

„Terry ein Schotte in Schwaben"

„Erinnerungen eines vergesslichen"

„Die zauberhaften Altbohns"

Sciende Fiction/ Fantasy

„Sam Space"

Jahresfeste

„Weihnachten mit dem literarischen Kleeblatt"

„Auf der Suche nach dem verlorenen Osterei"

„Weihnachten und Silvester mit Flammenfeder"

„Vorhang auf für Nikolaus, Weihnachten und Ferien"

„Bühne frei für Fasching und Halloween"

„Die Alpakas vom Nikolaus"

„Die Bettsocken vom Weihnachtsmann"

„Silvester und Weihnachtsmarkt geben sich die Ehre"

Weitere Bücher von mir liste ich einem der nächsten Bücher von mir auf, sonst wird es heute ein bisschen zu viel.

Ich möchte noch darauf hinweisen, dass Bücher bei einigen Verlagen nicht unbegrenzte Zeit lieferbar sind. Wenn Bücher bereits lange auf dem Markt sind bzw. wenn es von diesen schon mehrere Auflagen gab, werden dann oft keine Auflagen davon mehr gedruckt.

Diese Bücher sind dann also irgendwann nicht mehr lieferbar. Daher kann ich nur dringend empfehlen, Bücher die Sie interessieren, rechtzeitig über Ihre Buchhandlung zu bestellen.

Bereits schon jetzt gibt es sehr viele Bücher von mir nicht mehr, die ich deshalb hier erst gar nicht aufgelistet habe.

Auch viele Bücher in denen wunderbare Texte von Carmen Neubohn sind, gibt es nicht mehr. Derzeit noch lieferbar:

„Die zauberhaften Altbohns"

„Frisch gewagt"

„Gartenschau Magie"

„Weihnachten mit dem literarischen Kleeblatt"

„Herzlich Willkommen Gartenschau"

„Weihnachten und Silvester mit Flammenfeder"

Über den Autor Ralf Neubohn:

Ralf Neubohn hat bereits zahlreiche Bücher geschrieben bzw. herausgegeben und ist einem breiten Publikum durch regelmäßige Lesungen bekannt.

Er hat auch einen Literaturpreis gestiftet. Den „Neuen Literaturpreis Remstal".

Neubohn schreibt Krimis, Lyrik, heitere Romane und Kurzgeschichten.

Sein Kurzkrimiband „Neubohns Krimihäppchen" kommt bei den Lesungen immer besonders gut an.

Nachwort

Liebe Leser,

Sie sind nun an das Ende meines kleinen Büchleins gekommen. Ich hoffe, Sie gut und abwechslungsreich unterhalten zu haben.

Falls Sie beim Lesen auf den Geschmack gekommen sind, so gibt es von mir viele weitere schöne Bücher zum selber Genießen oder als originelles Geschenk für andere. Etwa zu Ostern, Weihnachten und Geburtstagen.

Mit freundlichen Grüßen und hoffentlich bis bald!

Ihr Ralf Neubohn

Lesetipp:

Ralf Neubohn, Carmen Neubohn und Michael Kerawalla: „Weihnachten mit dem literarischen Kleeblatt"

Die folgenden Textproben sind von Ralf Neubohn:

Besinnlichkeit

Besinnlich saß Hubert am Kaminfeuer, las Ralf Neubohns witzige Gartenschaubücher und ließ sich den warmen Tee gefallen. Vor dem Kamin räkelten sich ein paar Hunde und aus dem Radio erklang schöne Weihnachtsmusik. So harmonisch, so friedlich musste Weihnachten sein, um fürs nächste Jahr Kraft zu tanken! Ein langer, gemütlicher Abend lag vor ihm. Als seine Frau ins Esszimmer kam, fragte er: „Ob mir der Weihnachtsmann wohl etwas bringt?" Sie schaute ihn erstaunt an und meinte zweifelnd: „Hast Du es vergessen? Du bist der Weihnachtsmann und solltest Dich langsam auf den Weg machen!"

„Ups!", rutschte es dem Weihnachtsmann raus, bevor er zur Arbeit ging.

Die Weihnachtsfrau

Als der Weihnachtsmann spät abends heimkam, schaute seine Frau ihn fragend an. Er begriff nicht, was sie von ihm wollte. Alles Grübeln half nichts. Was sollte dieser Blick bloß bedeuten? Merkwürdig!

Da sprach sie: „Was schenkst Du mir denn zu Weihnachten?"

Der Weihnachtsmann erblasste. Verflixt! Er hatte schon wieder ein Geschenk für seine Frau vergessen! Wie konnte er sich nur aus der Affäre ziehen? Da fiel dem alten Schlitzohr ein, dass ein Kind ihm empört ein Buch von Ludwig P. Lesi-Les nachwarf. Es musste noch im Schlitten liegen! Geschwind holte er es und sagte liebevoll: „Hier ist Dein Geschenk. Du denkst doch wohl nicht, dass ich Dich vergessen würde?"

Sie meinte ironisch lächelnd: „Das wäre nicht das erste Mal gewesen!" Einträchtig begaben sie sich ins Wohnzimmer, tranken Kakao, aßen Honigkekse und freuten sich des Lebens. Bis sie zu lesen anfingen. „Dieses Buch ist ein furchtbares Gebrabbel! Jetzt weiß ich, warum die Autorin Berta Babbelbergle heißt."

Seine Frau hingegen schleuderte Ludwig P. Lesi-Les Buch verärgert ins Eck. „Wenn es stimmt, dass die Autoren die Handlung ihrer Bücher aus ihrem Leben schöpfen, dann ist dieser hier tot!"

Gut, dass der arme Ludwig dies nicht hörte, dem dieses Weihnachtsfest ohnehin zusetzte.

Der Weihnachtsmann und seine Gattin griffen ersatzweise zu Ralf Neubohns „Krimihäppchen" und schwelgten zufrieden in dessen morbiden Morden. So schön und idyllisch kann Weihnachten sein!

Lesetipp:

Ralf Neubohn und Carmen Neubohn:
„Weihnachten und Silvester mit Flammenfeder"

Die folgenden Textproben sind von Ralf Neubohn:

Neujahresvorsätze

Angeblich wohnte die Autorin Berta Babbelbergle in einer Wohnung. Angeblich…

Niemand hatte diese Wohnung je gesehen. Denn Berta saß von morgens 8.00 Uhr bis Abends 20.00 Uhr in ihrem Stammcafé und aß mit den Leuten die sie dort besuchten Kuchen und süße Stückle. Der Briefträger, ihre Verleger, Freunde, Verwandten, Kollegen tauchten dort bei ihr auf, gaben sich sozusagen die Klinke in die Hand. Falls jemand Berta dringend erreichen musste, stand auf ihrem Stammtisch ausschließlich für sie ein Telefon, welches unter ihrem Namen angemeldet war.

Als sie an Silvester mit Terry, Ludwig P. Lesi-Les dort mit Kuchen und Sekt feierte, bemerkte sie im Gespräch, dass auch dieses Jahr alle mehr Bücher geschrieben hatten, als sie selber. Woran konnte das liegen? Sollte sie vielleicht weniger Essen und weniger mit den Leuten babbeln und dafür mehr schreiben? Sie nahm es sich fürs neue Jahr fest vor.

Am 1. Januar saß sie wieder dort von 8.00 Uhr bis 20.00 Uhr, aß Kuchen und babbelte pausenlos.

Oh, welch energischer Versuch sich zu bessern!

Weihnachtsmelodien

Der Weihnachtsmann flog mit seinem Schlitten flott durch den Himmel. Für die imposante Geschwindigkeit sorgten 12 flinke Rentiere. Mit 12 RS konnten selbst große Strecken rasant zurückgelegt werden.

Fröhlich läuteten die Glöckchen der Rentiere, übertönten sogar das laute „Ho, Ho, Ho!" des Weihnachtsmannes deutlich.

Das Geschenkeverteilen verging wörtlich im Fluge und der Weihnachtsmann kam früh nach Hause. Die Rentiere bekamen ein veganes Büffet, während Herr und Frau Weihnachtsmann Gänsebraten aßen. Da sagte der Weihnachtsmann: „Deine CD mit Weihnachtsmusik ist sehr merkwürdig. Sie besteht nur aus Glockenläuten."

Seine Frau entgegnete: „Dir schallen noch die Glocken der Rentiere nach. Das solltest Du eigentlich noch von den letzten Jahren wissen. Es wird eine Weile dauern, bis Deine Ohren wieder davon frei sind."

„Ach", antwortete er, „das hatte ich völlig vergessen. Aber jetzt weiß ich, warum ich laufend das Gefühl habe, dass jemand an der Tür läutet."

Seine schwerhörige Frau bemerkte davon nichts, während draußen Ludwig P. Lesi-Les halb erfroren Sturm läutete. Der Arme!

Weihnachtsgeschenke

Terry feierte mit den zauberhaften Altbohns Weihnachten. Nach einem gemütlichen Beisammensein kam die Zeit der Bescherung.

Oh, war das eine Bescherung! Terry schrie empört auf: „Igitt! Bücher von Berta Babbelbergle und Ludwig P. Lesi-Les! Was soll ich damit? Die sind doch völlig unnütz!"

Doch die zauberhaften Altbohns meinten: „Das siehst Du falsch. Diese Bücher sind das ideale Geschenk."

„Was? Dieses langweilige Zeug?", fragte Terry erregt und bekam zur Antwort: „Sie sind praktisch! Als Türstopper, zum Fliegenklatschen oder wenn der Tisch mal wackelt. Mit diesen Büchern lässt sich viel Sinnvolles machen."

Zum Glück hörten Berta und Ludwig das nicht. Ich habe das Gefühl, sie wären seltsamerweise etwas enttäuscht gewesen.

Omen

Berta Babelbergle feierte in Berlin Silvester. Die riesige Party mit guter Stimmung und noch besserer Musik beeindruckte sie sehr. In gehobener Stimmung lief sie in Richtung Hotel. Eindeutig ein guter Start ins neue Jahr.

Berta glaubte fest an Omen. Sicherlich würde auf dem Weg ins Hotel ein weiteres Omen auf sie warten.

Ein Zeichen, womit sie im neuen Jahr zu rechnen hatte. Frohgemut schaute sie sich um und sah…

Ein Beerdigungsinstitut. Oh, weh!